中国好诗

第六季

濒临

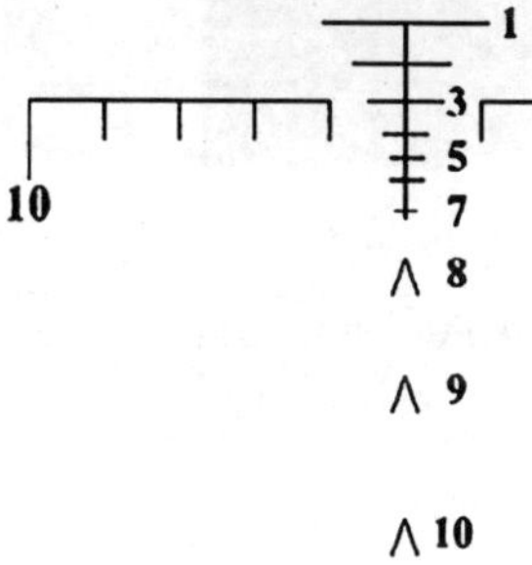

龚学敏 著

天津出版传媒集团
百花文艺出版社

龚学敏，1965年5月生于四川省阿坝藏族羌族自治州九寨沟县。1987年开始发表诗作。1995年春天，沿中央红军长征路线从江西瑞金到陕西延安进行实地考察并创作长诗《长征》。已出版诗集《九寨蓝》《紫禁城》《纸葵》等。《星星》诗刊主编，四川省作协副主席。

遥远的目光

——评析龚学敏的"动物主题诗学"

◎ 霍俊明

1.

世界主义和后工业时代的天空在霰弹枪响过之后飘散而下的是一个个碎片和黑红的铁屑。在诗人欣欣然捡拾起一个个时感碎片的时候我们亟需的却是具有整体意识、方向感和主题诗学企图的诗人。他们诗歌的重要性在于具有精神指示的功能以及整体性的启示录效果。

当龚学敏最新的这部诗集《濒临》放置在面前的时候，我们会发现这不是当下流行的"个人之诗"，而是我们正在寻求的具有精神启示录效果的"总体之诗"。诗人近乎用人类学般的"遥远的目光"将那些消失于地平线上的模糊的几近崩溃的动物和物象的碎片拉近到我们面前。

龚学敏出生于四川阿坝州九寨沟县，曾在这里长期生活、学习和工作，他与空间和地方性知识建立起了本能化的精神视界，这使得他的世界观以及诗歌的观察方式、话语切入方式都具有特殊性。

在龚学敏的记忆中他总会穿越高山、峡谷、山原、平坝和河谷一次次回到二十世纪七十年代的一天。那是九寨沟县的供销社收购站，墙上挂着一张从当地山民手里收购的完整的金钱豹皮。凝视着那些绚烂的但是已经死去的斑点，龚学敏总是感到一阵阵袭来的不适感——“来吧 / 前世的霰弹被我开成了满身的花朵。”（《金钱豹》）

《濒临》整本诗集涉及到的近八十首诗作都是在“濒临意识”和“生命文化”统摄下建构起来的主题性文本，这些关涉“动物”的文本以及文本之间具有极其明确的深度关联意味。这一诗歌互文意识、开阔的精神视界以及整体结构能力显然与龚学敏一直擅长写作“长诗”的能力有关。

从表象来看，诗人关注于一个个“动物”的命运分析，而实际上这并不是这些诗歌的本相，诗人的本意并不是急于建立单一的“生态伦理诗学”，而是通过生命文化、精神谱系和“濒临词典”的方式提供了非常复杂的现象学还原以及剖示化的深度描写。

当“濒临”意识一次次在文本中猝然降临或失败而背转的时候，表象和现象并不足以支撑起启示

小众书坊
Poetic Books

中国好诗

心上没有诗，就像地上没有花朵。

第六季

《万古烧》·张执浩 著
《编织蓝色星球的大海》·邱华栋 著
《世界的每一个早晨》·谷禾 著
《濒临》·龚学敏 著
《山河边关记》·丁戎耕 著
《不惑的绳结》·张常美 著
《封龙获鹿》·孟醒石 著
《开门见山》·慕白 著
《一个声音离开了合唱团》·臧海英 著
《雪旅》·张烨 著

第五季

《山顶》·李琦 著
《大地上万物皆有信使》·刘立云 著
《深情可以续命》·潘洗尘 著
《大鱼》·徐南鹏 著
《今生荒寒》·殷龙龙 著
《镜中白马》·梁尔源 著
《爆破音》·胡茗茗 著
《逆风歌》·张远伦 著
《余音》·灯灯 著
《不能的风》·余幼幼 著

第四季

《事到如今》·张新泉 著
《入林记》·张二棍 著
《落在海里的雪》·王小妮 著
《群峰无序》·大解 著
《数一数沙吧》·沈苇 著
《镜中》·舒丹丹 著
《自然主义者的庄园》·阎安 著
《我不想大张旗鼓地进入你的生命之中》·巫昂 著
《一株麦子的幸福》·罗振亚 著
《我本孤傲之人》·江一郎 著

第三季

《妥协之歌》·李南 著
《用小号把冬天全身吹亮》·梁晓明 著
《空楼梯》·胡弦 著
《自己的心经》·叶舟 著
《锦瑟》·何向阳 著
《隔空对火》·荣荣 著
《我们的暴雨星辰》·姜念光 著
《浅妄书》·蓝野 著
《微甜》·白庆国 著
《大师的葬礼》·严彬 著

第二季

《让我背负你的忧郁》·郑玲 著
《响器》·马新朝 著
《半张脸》·商震 著
《个人简历》·娜夜 著
《挑滑车》·轩辕轼轲 著
《徒步穿越半个城市》·邰筐 著
《向命要诗》·沈浩波 著
《栖真之地》·桑子 著
《无数灯火选中的夜》·冯娜 著
《数星星的人》·玉珍 著

第一季

《山中信札》·路也 著
《为何生命苍凉如水》·刘年 著
《女巫师》·宇向 著
《山风诗稿》·王单单 著
《悬崖上的沉默》·雷平阳 著
《去人间》·汤养宗 著
《无端泪涌》·陈超 著
《必要的天使》·臧棣 著
《白云铭》·江非 著
《我们来谈谈合适的火苗》·杜绿绿 著

录般的诗歌内核，诗人总是以濒临意识、精神剖析贯穿始终。诗人还得一次次借助强大而分裂的心象、主题意识、精神元素、文化原型以及个体主体性的幻象来完成一次次的缝合、弥补和重构的过程。

2.

由龚学敏的这些主题性诗作，由那一个个浮在表层的“动物”意象，我总是处于一种极其复杂的阅读体验之中。这其中甚至一直延续着由精神剖析所带来的焦虑、分裂、忧虑、祈愿，其间一直弥漫着暗沉、苦痛甚至不祥的气息。

这使我想到了当年罗伯特·洛威尔的“生活研究”。“只有臭鼬，在月光下 / 搜索着一口食物，/ 它们阔步行进在大街上：/ 白条纹，狂乱眼神中的鲜红火光 / 在三一教堂那白垩色、干燥的 / 圆柱尖塔下面。// 我站在我们 / 后踏板顶部，吸入那浓烈的臭气—— / 一只母臭鼬带着一群幼崽在垃圾桶里大吃大喝。/ 它把楔形脑袋插入 / 一杯酸乳酪，垂下鸵鸟般的尾巴，毫无畏惧。”（《臭鼬时光——为伊丽莎白·毕肖普而作》）洛威尔将“臭鼬”置放于城市街道空间和垃圾桶旁，这不再是“物象诗”或“物哀诗”，而是成为整体境遇的聚光和围拢的过程。而顺着龚学敏的目光，我们看到的是不适、颤抖和惊惧的现代景观，看到了被误解的以讹传讹的“动物词典”，遭遇了一次次断裂和失重的严峻时刻，“停止觅食的链条 / 断裂在机械们流

水线盒装的源头 / 与狼断裂 / 与鸡断裂， / 然后，人们憎恶的空气让词典天空失去平衡。”（龚学敏：《黄鼬》）

诗人必须如同罗伯特·洛威尔一样通过诗歌突破事物、词语以及诗人自身的限囿而重新开辟出一条认知之路和想象化的存在境遇。“我笔下的黑夜并不是仁慈的，而是世俗的、清教徒的、非诺斯替教的。一个生存之夜。”（《论 < 臭鼬时光 >》）龚学敏的主题性组诗印证了诗人个体主体性以及谱系精神的矛盾和悖论化的成分。诗人的感应器和取景框会决定什么事物进入诗歌内部，安置这些事物在词语不同的位置和层次，进而展现给我们的是幽深的精神能见度和思想载力。这些物象所携带的并不是个体的、局部的和外在的、偶然的心理刺激，而是具有整体视域下的时代景观的能动结构：“我把铁攥在皮毛的拳中奔跑 / 奔跑的距离，决定铁的长度 / 我越快，铁就越慢 / 村庄留给自己腐朽的时间就越长。”（《金钱豹》）这必然是一次次内化为词语活动和精神效应的过程，而我们却见惯了那些欣欣然于外部和表层描摹的欣快症诗人。

循着诗人与遥远事物对视的目光，跟随着这一个个“动物”的濒临时刻，我们看到了一个个空间。这既是地理版图又是文化坐标，这些物象、残骸、骨架、碎片穿插在空间背景中的一个个点或缝隙当中。它们是命运共同体，它们曾经存在，它们已经消逝，它们正在消失。质言之，这些“动物”代表的绝非只是个体的命运遭际或族群的数量危机，而是与一个个时空结构或地方性知识密切关联。这些动物是地方性知识其中的一个根系，它们代表了整体性的危机，“抑郁症成为事物开始回忆的唯一/出口。”(《一匹患有抑郁症的狼》)这与生态环境、生命基因、文化记忆不可分地融合在一起。

龚学敏的这些诗作则承担了“最后见证者”“象征主义的白色药片”以及“一粒治疗失眠者的蓝色药片”的功能。这份证词的提供是不轻松的，而是时时处于焦虑话语和紧张的精神盘诘之中。世界主义是以抹平记忆和空间差异为前提和核心法则的。在列维-斯特劳斯看来，世界主义导致了精神分裂症，隐喻和象征化的精神分裂症几乎无处不在。龚学敏诗集的开篇《白鳍豚》可以作为这些诗歌的一个总体表征。当“纪念馆”“手术台”“挖沙船”以及“农药的镰刀”“钢铁的牙”“楼盘的鞭子”“工业时代的月光”作为世界性的强势时代话语频繁出现的时候，“白鳍豚”以及其他类似命运的动物就只能在充任为一个个符号、一个个不再具有生命体温的空洞象征，“塑料的编号正在代替族群的角”。(《壤巴拉的马鹿》)

在抽空记忆的语境之下，所有的证词都是无力的。“邮票拯救过的名词，被绿皮卡车/拖进一个年代模糊的读书声中/童声合唱的信封们在清澈中纷纷凋零/盖有邮戳的水，年迈/被年轻的水一次次地清洗。//那粒冰已经无水敢洗了/所有的水都在见证，最后，成为一本书 / 厚厚的证据。”当主题公园以及博物馆将人类这些最后证据的样本放置在聚光灯和展览的目光之下，这并不是为失去的命运和记忆提供了保护，而是以媚俗化的方式再一次伤害了它们。它们只是证实了时间的断裂和记忆的丧失。

这既是一份证词，又是一份悼词。“昨日的世界”已不存在，“农耕的啁啾声一退再退，直到封底”（《海龟》）；一个新的世界伦理和景观已经诞生，“大地用钢筋和混凝土说话”（《海龟》）、“非洲被卡车装载为城市的郊区”（《成都动物园里的长颈鹿》）。

“橡胶林法则”和钢铁速度诞生了完全不同的全球化景观，比如自然化的“草原越来越小”而人工化的景观却以惊人的速度在扩张。即使人们偶尔对“昨日的世界”予以一瞥，即使那些代表了地方性知识的濒临灭绝或已经灭绝的动物以及老物件在动物园、博物馆以及其他公共空间予以展示，似乎它们代表了与“昨日语境”的直接关联，但是这“最后的物证”显然只是代表了现代性话语权力，因为“原本”和记忆已经被抹平了，“依山长出的楼盘，用钢铁的牙 / 把山咬死 / 不停复制出的死尸 / 是马路的同义语，扮演向导 / 牵引理想主义描述的雨，哀悼基诺山 / 和她上世纪的外套”。（《西双版纳寻野象不遇》）

公元前 1213 年拉美西斯二世去世，尸身被制成木乃伊之后历经了三千多年的时光，极富象征意味的是被誉为埃及最帅法老的拉美西斯二世居然在西方的博物馆中腐烂了。民族学光照下的“最后样本”彻底消失，曾经的证据被抹平，“对于土著民的‘发现’和‘保护’等同于‘文化灭绝’（尽管对土著民的流失和衰落的叙述经常是高度令人存疑的，就他们所代表的传奇化和曲解化而言）。这种‘文化灭绝’是从文化的‘博物馆化’或‘去博物馆化’而造成的。在前者中，土著的对象/手工艺品从其文化语境中被移除，并在展示中被破坏（它们暴露在当代文化的毁灭之光下）；在后者中，把对象/手工艺品放回到原生语境是一种在建构拟真中去重新发现本真性和现实性的努力。”（理查德·J.莱恩：《导读鲍德里亚》）

3.

这是动物的隐喻学与生态诗学相融合的复杂目光，也是对“大地伦理”涣散状态的回应。

“大地伦理”既是生态环境伦理又是文化伦理，因为处于时间和空间的维度所以必然随着社会体制和空间秩序的变动而变动，有朝一日会面目全非甚至解体，“这样一个关于土地和人的观点总会因为个人的经验或各人的偏见而被混淆和扭曲的。但是不管真相在哪里，有一点却如水晶般清晰，那就是我们这个越来越强大、美好的社会现在就像一个疑难病症的患者，只痴迷于自身的经济健康，反而忘

记了保持身体健康的能力。”（奥尔多·利奥波德：《沙乡年鉴·作者序》）

龚学敏提供的是“大地伦理”受到挑战的精神背景和现实境遇，正如黑夜般的场景和意象在他的诗行中频繁出现一样。“词与物”充满了紧张感以及精神观照之后的“疾病”气息，很多自然的、原生的、美好的、诗性的词语却是与全球化时代机器的、钢铁的、塑料的、树脂的、橡胶的、人工的“制造化词语”搅拌、缠绕、焊接和铆钉在一起的，比如“工业时代的月光”“时间药味的拐杖”“长满咳嗽的天空”“人工的草皮”“人工林卷起的潮湿”“人工时间”“群山放牧经过的厂房和工地”“万里人造的天空”“注射过抗生素的天空”“整个高原被圈养”“荒郊被移植”……

这是如此密集和纷至沓来的“疾病的隐喻”，这一深度的忧虑化的精神剖示既对应于整个世界又与每个人的命运息息相关。龚学敏的“主题诗学”体现的正是整体精神视域的人类学法则，也是近乎逼视之后产生的现实感，“那在火坑、深井、深渊中受难的无辜者——他们中间有太多的人患有精神疾病，或者处于精神疾病的边缘”。(《米沃什词典》)最终这一切疾病和灾难都是因为“人祸”而起，因为社会和人性的灾难导致了人们总是迁怒、归罪于他者，“没有疾病就没有绝对知识。疾病是历史的第一推动；罪，只不过是第二推动。”（E.M. 齐奥朗：《眼泪与圣徒》）

总会有不祥和恐惧时刻的到来，而任何一个时代一个时期的诗人都必须接受诗学和社会学的双重挑战。

当濒危动物作为“昨日的世界”的岌岌可危的证词再次在词语和梦幻中现身，这近乎已经是人类童年期记忆的“末日景象”或最后闪光。诗人是推倒消息树的报警者，而见证的时刻也正是最为严峻的时刻，正如“见证诗学”的切斯瓦夫·米沃什的诗句：“专注，仿佛事物刹那间就被记忆改变。/坐在大车上，他回望，以便尽可能地保存。/这意味着他知道在某个最后时刻需要干什么，/他终于可以用碎片谱写一个完美的时刻。”

龚学敏的系列“动物主题诗学”不只是呈现出了焦虑和伦理化的世界景观，也打开了人类愿景当中的一个记忆化的抽屉——

白纸上的繁体字在年轻的溪边
饮水，笨拙的笔划如同缓慢的时间
正在溶化冰
和纪录片上发霉的斑点。
——《大熊猫》

2020年4月28日至5月10日

目录

第一辑　所有的水都在见证

第二辑　不会飞翔的声音

第三辑 游动的化石

第一辑

所有的水都在见证

白鳍豚

和天空脆弱的壳轻轻一吻，率先成为
坠落的时间中
一粒冰一样圆润的白水。

要么引领整条大河成为冰，把白色
嵌在终将干涸的大地上
作化石状的念想。

要么被铺天盖地的水，融化回水
只是不能再白。

时间就此断裂
如同鱼停止划动的左鳍，见证
筑好的纪念馆，汉字雕出的右鳍。

干涸的树枝上悬挂枯萎状开过的水珠
冰的形式主义，衰退在水的画布上。

手术台上不锈钢针头样的光洁
被挖沙船驱赶得销声匿迹
扬子江像一条失去引领的老式麻线
找不到大地的伤口。

邮票拯救过的名词，被绿皮卡车
拖进一个年代模糊的读书声中
童声合唱的信封们在清澈中纷纷凋零
盖有邮戳的水，年迈
被年轻的水一次次地清洗。

那粒冰已经无水敢洗了
所有的水都在见证，最后，成为一本书
厚厚的证据。

金钱豹

1970 年代，县供销社收购站墙上一直挂着一张从农民手里收购来的金钱豹皮。

——题记

来吧
前世的霰弹被我开成了满身的花朵。

铁在风中疾行，村庄在我身后一点点地迷路
青冈树冠腐朽的气息
用铁的速度弥漫。

黎明与黄昏缝在一起
人迹成为间隙
成为我遗产中无力的红色绝望。

我把铁种在地上，发芽，生长
村庄在树荫中苍白，唯有遗憾。

我把铁攥在皮毛的拳中奔跑
奔跑的距离，决定铁的长度
我越快，铁就越慢
村庄留给自己腐朽的时间就越长。

我用铁奔跑的速度划出的线，钓鱼
森林的餐桌被天空的白布裹胁
饥饿的鸟鸣。我浑身的钱
成为村庄飞翔的诱饵。

来吧
霰弹的花朵，已经把我招摇成
最后一面旗帜，一个被钉在墙壁上的
动词。

西双版纳寻野象不遇

濒临

厌世的溪流用镰刀从地图上砍掉竹林
女人开始以白为美
人心愈来愈野，而野象形同久违的诗句。

热带尚存
雨林如天气预报喊旧的名字
被催雨弹纷纷打成散装的云朵
已经失去乳房的圆润。榕树的记忆
匍匐在白描的连环画中，时间和童年
旧成枯瘦的笔画。

依山长出的楼盘，用钢铁的牙
把山咬死
不停复制出的死尸
是马路的同义词，扮演向导
牵引理想主义描述的雨，哀悼基诺山
和她上世纪的外套。

我不配出门
置身书中的滇越，世间安宁，空调不炎凉
可是，象牙已被描黑，泼再多的水也枉然。

象牙的灯被黑暗压迫得无路可走
我在虚拟的灯光下读书
在古时的象群里写信
仿佛，铆在夜空中的萤火虫。

只是夜空也空
我用摸象的手，摸不到孤寂的苍茫而已。

乌鸦

天空仓促的句号。

大地沦陷在羽毛们没法甄别农药
的黄昏。

栖在用来上吊的核桃树上
让绳索套在一条路的提心吊胆处
直到农田边的小学
唱腔样的朗诵
被记忆的刀
把树刻成天空的裂纹。

乌鸦的黑色不敢出声
田野寡淡得只剩一粒哑巴着的盐。

冬日闲田上生长的黑庄稼
被农药的镰刀一茬茬地收割。

农药的爪击败壤，击败壤隔代的遗传
和扶不起来的江河水。

视野被近视的喷雾器越写越小
拄着时间药味的拐杖
老迈的成群的乌鸦，被打成天空的
霰弹
阳光透过天空乌鸦的洞
观测夭折的温暖，和挂在核桃树上的
自闭症。

爬在天空上的药粒，像是悬壶
等着有人，用来济世。

海龟

新生的海龟，越来越多地死在投身大海的路上。

——题记

农耕的啁啾声一退再退，直到封底
翻过的书如同沙滩
那么多的黑字想要回到大海
那么多的字，在百科全书的玻璃瓶中
盐渍，保鲜
真空中的茁壮，足以使幻觉缩短海滩上
塑料们闲适的距离。

工业时代的月光给沙滩上跛脚的棕榈树
做弥补手术
海水和自己的阴影拉锯
产卵的窝是封锁线上的据点
被陆续拔掉。

钢铁的尸体在海水与沙滩的牙缝间
发炎，红肿
成为陆地啃在大海身上的牙龈。

海龟开始怀疑自己的躯壳，还有长在
上面的海水。

大地用钢筋和混凝土说话，潜伏的堤
在泡沫膨胀的花朵下面
把海水的树锯断，给工业时代冰凉
的动词，在沙滩上打夯。

把海水晒薄，一张绘满卵的纸
风一吹
沙粒们成为海的种子
正在承受扼杀。

鱼鹰

在阳光的手术刀下成为黑白。

羽毛中躲藏的水的密语
把天空翻译得很低
直到，水一样粘稠
鱼像用云朵说话的路人甲。

竹杆把天空切成两块
一块用农耕煮饭、晾衣、擦拭
透明的时间，和鱼
老死后重生的鳍
一块聚拢一起，披在河流身上
怀孕的霾
像负重的火车，把喘息复制在
倒影中。

翅膀候补的铁皮，用船耳
探听水的虚实。

鸬鹚在途经人类时，必有一劫
为鱼鹰

为鱼的天空中飞翔的黑，和不醒
夜晚。

身份不明的水，用头疼的杂症
停滞天气预报。

鸬鹚把鱼鹰的外套
脱在戏台
蓑衣不停地策反过路的雨水
直到剪断鱼和鹰中间的演技。

你再见的鸬鹚
已是人类唱戏时，用来倒嗓的
一道会飞的疤痕，用绳索
捆在纪录片的雨季中。

成都麻羊

濒临

烹羊者说：
膻味是羊攻击人类最有效的犄角。

低处的山冈，被楼盘的鞭子抽打得
遍体鳞伤
混凝土手里长出的草，热风吹过
在清晨，成为塑料
成为汤色，如冬至这个节气进补时生产
火锅的机器。

人的味蕾一次次票决羊的繁殖方式
羊的历史越来越精细
被蒸熟、烧熟、涮熟、烤熟，祛异味
上乘的羊字，已经与写它的笔
和书无关，与大漠中的野草无关。

用高原海拔的吸管过滤真实
羊毛在时间中，温暖地说出假话。

汤锅熬熟的地名，比如成都，比如黄甲镇
挂在高速公路分岔的树杈上
像是招牌

像是成都穿旧的衣衫
落在吃客们雪夜的历史中
我只是一句与羊无关的过路的唱腔。

烹羊者说：
所有动物的原产地只是一把适合杀戮的
利刃，与煎熬的火候而已。

鹿回头

濒临

> 相传，被射杀的鹿走投无路的时候
> 便化成了人类。
>
> ——题记

恐惧的盐还在奔跑，直到把传说跑为真实
把海水跑咸。

跑成裙裾，农耕，相夫教子，和睦
开始用黎锦的咒语捆扎猎人
满坡的汉字和鹿，一起黎明
一起织在崖上
在游人的树上和猎人一起开假花。

风用鸟翅显形
干涸的天空，遍布风
和被传说遗弃的箭镞。

风把鹿的种子撒在书中
施过唐肥的琼州
棕榈懂秦腔，一席唱词
便是苏儋州、海刚峰……

皆是地名
印在鹿鸣呦呦不识真伪的青草处。

由着鹿随意回头就是，因为
风无头可回
射出的箭无头可回。

白狐

濒临

咳出雪来。头孢的喇叭声沿公路疾行
唯物论在连环画的最后一页
给《聊斋》中的笔画把脉，送终。

白狐把感冒的外套挂在聊斋虚无的
月光檐下。

咳出的雪花，缝成席大的口罩
戴在书生家传的脆弱处，慎言，慎行
红灯一点，前程便是虚幻铺满的
光芒万丈。

读过书的庄稼长在贤淑的田里
白狐在时间里倏忽
收成，节气，树上长出的字
纷纷避让
只是，书生比白狐倏忽得还狐狸。

功名的药丸变幻成针剂的透明，一路狂奔
替代正在死去的词。

用咳嗽舞蹈的白狐，一律写成女性
在时间的耐药性中
永生。

聊斋一不留神
把男人聊死在情爱排行榜的屋檐上。

麻雀

成为冬天，农药结冰时的花朵。

盲人们的冬天很厚，是铺天的褐色
一直宽阔的田野
人们在大地上给生活制造树杈，一抬脚
就会碰见麻雀孵出的胆怯。

会飞翔的皮肤，一片片地消逝
收割完庄稼的田地透着心地凉。

时光逼仄，已经胆小到把爪和心脏捆在
一起颤抖。

这大地的预言，是长满咳嗽的天空
吐出的浓痰
从一片雪跳到另一片雪
直至，落于尘嚣。

我怀中的雀跃，被黄豆状的霰弹击中
如同大地
名词尚存，庄稼们老得已经不能
成为自己的种子。

驴

从卸磨到卸皮，商标一边注册
一边终结农耕的清晨，和驮水
的坡度。民歌
瘫痪在记忆的泉水边，叫唤来人。

阿胶成为新的物种
给变质的时间涂抹盐
灰色的皮是大地醒来时的一声嘶叫。

细雨骑驴入剑门。宋词在窗棂中
伸头，把山水画越描越薄
直到夕阳爬在上面
喘不过气来。

繁衍的叫声越熬越稠
像是给祠堂的房檐水调胆色，补气血。

从时间的坡上滚落下来，先是驮粪
驮小媳妇，驮水，驮粮食
化妆后，开始驮自己。

有好事者，用高速公路的船载至超市
以阿胶之名，放之货架
妇以信用卡视之，作狼状
尽噬，乃去。

斑马

濒临

草原再辽阔，也要给自己的心安上栏杆
在非洲的辞典里吃草
海风像透明的篦子，让草
比别处单纯
让身上警惕的标语，成为草原的封面。

在自己的内心狂奔。收敛的水
把素食主义的黎明洗成童话
天地平铺，一页纸可以号令所有的
安静。

提醒所有的城市用街道的食管噬草。

城市不停地繁衍
不停地给自己设置禁欲的栏杆。

童话被沥青的印刷品廉价成免费的
流量。斑马线
不得睡眠，城市用空气的喇叭
哄骗未成年的黑白。

草原越来越小，直到成为铺在大地的
城市的皮上
一颗叫做动物园的钉子
钉子内部的栏杆，用来阻拦草流出
的血。

人工草坪上的绿孔雀

濒临

替代雌性的是斑驳的人。人工装卸
的时间，每天都是发情期。

栅栏外的食物被添加剂烹制成假性别
和塑料的竹林一道
取悦雄性的绿孔雀。

写生的儿童，用线条把孔雀捆在纸平面的
树枝上，中性的墨汁
漫过山峦，回到向帝国进贡的历史。

绿皮火车的强心针
注射在丛林的奔跑中
热带的段落被拆开
雨的叫声，堕落成分行的文字
彼此开屏，彼此欺骗。

栅栏把孔雀飞翔的姿势握在手心
直到手掌长满假装同情的羽毛
和虚伪。

人工草坪上的绿孔雀
被草浸成人工。
人工的绿孔雀在打印出的时间表上
把栅栏外的人，绘成雌孔雀
朝着他们开屏。

刀鱼

濒临

一柄银刀把雾霾的皮，从江身上
剖开
让风收走。

刀给整条的江剔骨
时间游刃有余，宋时的苏轼、陆游……
是一条江最鲜的几滴水。

水越来越重，凝作鞘
鱼开始生锈
在鞘中
像是报纸上忘记拔掉船只的禁渔期。

在海中吸进的云朵，夭折在
群山放牧经过的厂房和工地。

与清明时节的纸钱叠成的鱼
一同清蒸的还有瓷
还有树脂的葱花、姜丝，调味的些许宋词
直到把一条大河烹熟。

我在扬子江和长江分界的辞典中
口噙头尾，细数木船一样消失的日子。
没有归宿的水
已经不再是水。

我在靖江吃鱼时，满江已红
岳飞的枪至今卡在我的喉咙。

蟑螂

濒临

最先是从罐子里偷油，菜籽是单纯的
茅草的尸体可以成精
四壁皆童话
骑着抹布鱼肚白的骂声
可以上天。

再是从瓶子里偷油，菜籽是集体的
油从钢铁到透明的玻璃
与打翻的瓶子成为兄弟，用春天
相互防备。

现在从塑料桶里偷油，菜籽
来路不明，塑料越来越经济
距离薄若手术过的声音，挂在下毒药的
红袖套上。人成为
群居的树，和抗生素一起。

把自己偷成一滴油
给地球长出的翅膀，调异味，润假色。

栖息在《梁祝》中的蝴蝶

老迈成电声。普通话组装出的蝴蝶二字
无法辨别故乡的口音，和情色
的真伪。

农耕的风吹过的传说，被动漫成线条
机制的豆芽
于夕阳中，向大地谢幕。

飞出文言文《梁祝》的蝴蝶，用白话文
重新回来读书
雾霾的老花镜戴在哀悼过的清水上
不识线装的雌雄
沿着小提琴的夜路，婚配，成家
无性繁殖那些会飞的字。

不敢飞出《梁祝》
天际是万里人造的晴空。

假唱的旷野再无坟茔的省略号
标识分界。

化蝶的梁祝，整整一个唱本的犹豫
是火化后太轻，能不能
成为种子
再长出《梁祝》的枝来。

河豚

濒临

肝胆开始生锈，一条河正在用自己的毒素自杀
证明水尚存活力。

与其肝胆相照，能杀人
与其用一个汛期积攒的毒素，才能挽成
造船时代的死结，不如在时间的
甲板上鼓气
拒绝水，和大地的解药。

每一片鳍都是一条长河垂暮的咕嘟声
直到把河划成散装的空气，时间
像毒汁零碎的诡计。

直到把自己游成一条河
把一柄刀游成鱼
把摘下的胆挂在死去的船帆上
让肝在大地上传播
苍茫的同义词中，最阴冷的那滴
酒。

浑身的病句
被《本草纲目》的厨子挑出刺来

让一条河的新鲜
浓缩在玻璃样脆弱的黄昏餐桌上。

骑着鲜嫩的马
在河面上奔跑，吞下的风
长成长发
追赶新生的风，直到新鲜横尸遍野。

直到，整条河，独自逃窜。

咳嗽的黄鹂

风吞噬话语的温度，杜甫孵出的
黄鹂
在大雪中提醒识字的人
错别字才是扫雪者存活的真相。

树梢上的咳嗽用风又裹了一下披肩
遍地的棉花
痛了一下
像是大地的温暖
让女人攥在手心，真实的捏了一下。

捡拾脚印的河，被成为杜甫脚印的
黄鹂识破
在诗歌的博物馆中
用啁啾的蜘蛛网
乔装时间的空虚，和面对农药时的
抽搐。

一直咳嗽到抑郁，羽毛开始用颜色
装点河流数不清的妄想。

黄鹂作为旁观者的夕阳
一咳，杜甫的茅屋便成农耕时代的
病灶，用文字煨汤
直到天空撕破成浓稠的棉花。

纸上的黄鹂在南方的潮湿中发霉
注射过抗生素的天空
给星星们重新命名。

天空从此苍茫
直到可以用新鲜的咳嗽，喂养
透明的玻璃的黄鹂。

成都动物园里的长颈鹿

濒临

非洲被卡车装载为城市的郊区。

动物园是人工制造的胃，消化
食物链按门、目、科、纲分类的
每一个细节
包括出生遥远的非洲地名。

那些独立的草原，独立的水
纷纷沦陷
像是铁蹄下的草芥和我们的呼吸。

潮湿的蜀，是一块洗澡多年的毛巾
搭在口音嬗变的枝头
一抹，草原隔着玻璃飞翔
再抹，草原成为毛皮
粘在游人的阅历上。辽阔
变得如此肤浅。

雾霾中的起搏器，沿着花斑颈脖的楼梯
用望远镜努力生长。

挂在屋顶的叶子
像是消息树，用孩童们目光的温度计
测试
作为玩具的长颈鹿的使用周期。

蚯蚓

在夜晚，雨滴黑色的子弹不停地击打
大地无路可走
蚯蚓是死在大地腹中的胚胎，楼盘的楔子
挤压得大地越来越漆黑。

大街越来越大，鞋底垫高的投机者们
走在大地的尸体上。

人们用水池状的城市，煎饼
包括银杏，槐树上的鸟鸣一圈圈摊大
甚至用铁轨的筷子
拈起高铁，在清晨点燃的火炉上
烧烤食品，膨胀的胃口如同雪野上庞大的风。

人们不断忽略，大地蠕动的
蚯蚓的耳朵
在吞噬的振动中，听觉越渐虚弱
像是中了古书的毒
演义中的厮杀双方，一个破绽
便是挖掘机的一刀
蚯蚓们防不胜防。

雨先洗霾、洗人、洗鞋底、洗雨自己
洗最低处的分界线。再把大地的书
粘成一坨，书中的字迹
纷纷在自己的身上筑巢
产卵，因为大地已经死去，蚯蚓
需要给大地重新命名。

已经无法作为鱼饵，塑料的替身
在水池中模仿腥味
直到口味比蚯蚓还重，比神经僵硬的
大地
还重。

川金丝猴

一

迷彩服的树枝上缀满伪装的四川话
望远镜放大的黄金
从黎明的阳光中，掐出丝来
捆住女人们假装的冬天。

长在女人名字上的皮草，把春日和秋天
捂出象征主义遗在壁炉旁的病毒。

水杉作为旁观者，斗篷笔直
给轻盈的暖，指路
给集体追赶的子弹用雨滴准确地降温
虽然它们不听。

树种越少，直立着的人类疾病的名目越多。

树梢上跃出的丹药
成为自己的杀手。人体继续虚伪
直到新药把所有的老药
药死。

二

村寨的喇叭在松木架上长出木耳
像是抹不去的夜色
把伐木场的手臂涂黑。

花楸投降，槭树投降，橡树用刮过的风投降
拐枣树成为叛徒，率先成为人工的
种植。

这么多村寨的杂草，被机耕道的剪刀
修整成风景
空气与金丝猴一同退缩
直到，成为风景的招牌，和伸进游人口袋的手。

简称的蜀最小，一笔至陕，一笔至甘一部
像是三国的烽火图
烧至今日，尚余火种些许，像金丝猴的
颜色，仅供凭吊。

树越来越少，地球的村寨之间
隔着人心的壁
旧时的诗拍遍飞机的栏杆，磨那柄已经洲际
的刀。

三

树梢上的金丝猴，一动不动，被冻成
人类的夕阳。

公路上的喜鹊

濒临

在公路的枝上跳跃，沥青的树皮
正在隔断大地的清新。

喜鹊的花朵把每一辆过往的汽车
看作死去的树叶。

一跳一跳，是大地的骨质
从公路的枝上，增生出的障眼法。

雨燕

烟囱成为天空的高度。

戴面具的雨燕，在不停弥补混凝土假冒
的真诚，和满天谎言的雨滴。

砖砌的地平线把地球捆成蘑菇状
潮湿的煤渣
不停地寻找一种叫做火种的出路。

雨燕被一支童谣的稚嫩诱骗
她们的遗体，从明天开始
不说话，如同淋湿的灯光的抹布
警告工厂里参差不齐的睡眠。

钢丝的巢，用锈迹制造软骨的
燕窝，温暖祖传的
被牙已经嚼烂的蓝色的记忆。

雨燕的手伸进天空褴褛的怀中，雾霾
的紧身衣，正在穿过年轻的雨
剪刀的吸铁石

裁出的雨，和钢架一同苟且，搭成
新的春天。

一茬茬的王谢，在烟囱的森林中藏匿
塑料的雨篷把雨滴放大
直到雨燕与霾联姻，然后
用儿女们肥硕的影子压垮遍地的灯光。

猫头鹰之一

把夜色聚拢成水，翅膀的桨，用羽毛对世界
保持警惕
村庄用白昼说出的田鼠
在秋收后的大地上纠结，直到被染成冬天
雪花紧闭的秘密。

鱼一样穿过村庄的风
用树叶的形状，死在树上
成为农历中不祥的征兆
世事平摊在记忆中，死一样，一动不动。

人群在岸上浑然不觉地湿脚
像是摔碎的
哭声的腥味。

像是树枝过敏的嗅觉
站在风的尸体上
识别田鼠的口音。

人们修建的田鼠状的医院，渐渐肥硕
猫头鹰的名字
在冬天的村庄里一天天地凋零。

猫头鹰之二

叼着村子的睡眠逃逸，晦气的声音
在坟墓旁的核桃树上给过路者撒网。

与村子永别的人
走在活着的人的后背上
日子一紧，便用猫头鹰一叫
叫声的网像是捆住了整个颓废的
大地。

提着灯割草的猫头鹰
把巫术的密码缝在风走投无路的夜里
水要重生
村里的人，和一辈辈单传的书籍
要在此发芽。

仅存的抚慰，是不停寻找水源的灯笼
提醒已经过往的人名。

鼠辈太多，警惕的猫头鹰
终是敌不过装载机轰鸣声中的刀
被藏在铁管里的水
与农耕的时光，一道卸下。

村子放飞的黑风筝
像是压住梦魇的一方黑印
想盖时，田畴万里
只是已经没有人心的白纸了。

啄木鸟

濒临

吹动帽子的风向被圈养，生病的田野
披着雪衣奔跑
啄木鸟尚未发声
可是，电报的节奏已把天空越抽越空。

大数据的云越积越厚
食物精细到起源
直到人类、动物、植物被时间捆在
烹饪的同一条食物链上。

分发菜单的飞机把树林一次次人工
包括种子、农药、雨水和火情警告。

啄木鸟的起居，被铅笔越写越直
必须透过掩藏真相的涂料
才能寻找出树干中的错别字。菜单中
的病句不断地被修改
如同生长的飞机，和换代的铁轨
而羽毛，和善良的谨慎没法复制。

树林与森林的体温越来越近
感冒被少女穿着成春天的时尚

虫脱去的塑料外套，是大地的癣
贴在啄木鸟受伤的胃的影子上。

写在木匣子里的清晨，被邮递员
寄回童话
已经不会飞翔的声音，跌落在水泥地上
跟我，一遍遍说谎
直到，修剪整齐的风
把我吹成残疾的童话里的鸟人。

鸟人用高铁啄破时间
一遍遍地觅食写在书中的转基因的字。

第二辑

不会飞翔的声音

黑颈鹤

患有眼疾的沼泽，用白内障的余光挣扎着
聆听翅膀的生长。

携带气候出诊的黑颈鹤
被处方笺雪片的封条
一次次，滞留在天空的手术台上
弥天大雪，像是大地拼命长出的
假话。

黑色的围巾是众草出生时的预警
歌谣们远行，黑色成为人类的手
掐过的印证。

人类在用旁证悼念自己。

飞机率领一代代的尘嚣，在空中奔跑
直到，把自己跑成新的尘嚣
跑成黑匣子的黑
声音巨大的翅膀，成为煽动本身
时间们纷纷追降
聚集成大地背面，众草尸体上的
新词。

那么多苍白，和病着的新词
像是切碎的大地。

一夫一妻的黑颈鹤，在影院的票房上
筑巢，偷听残疾的沼泽
和人们咸味不足的泪水。

一匹患有抑郁症的狼

濒临

雪野中的房屋，停在奔跑拐弯的平衡处
雪片用覆盖给大地止血
天气出现事故。觅食的手扶拖拉机
吞噬着所有的终点
北方，枯萎成一枚象征主义的白色药片。

汽车的喘息正在压迫旷野的辽阔
狼毫在不同的处方笺上
用黑色的假话
疏导河流们干涸的思路。

在纸片的雪花中奔跑，山峦用心跳起伏
欲望是城市煎饼时的火源
所有的念头已无法生噬。消毒，烹煮，密封
像是越发精致的下套的钢丝
抑郁症成为事物开始回忆的唯一
出口。

自杀的狼牙
被银子镶嵌在人群贪婪的密不透风的
皮肤上，首饰长成了胸前的药
医治他们的胆怯。

麝

大地沉寂，唯有风在刺探天空的秘密
麝是一声唿哨
惊醒一群风，和人们携带的子弹
跛腿的河被对岸摔死在春天的
门槛上。

麝惧怕泄密的风，商标贴在人心的
左边。路越来越狭窄
人心的壁越来越厚。

大地用长出树的骨头
敲打天空的鼓，直到河流转世
人心已被商业拽到算计处。

麝跑成一杆枪，麝香的红缨
让自己和大地一同醒目
一起致命。

空气一样稀薄，率领大地飞翔的麝香
成为一颗子弹
被风追杀。

如果比风快，大地便在奔跑中消失
如果比风慢，便是与风一同
击中已经瘫痪的大地。

麝携带稀薄的黄金在大地的纸上亡命。

托尔斯泰故居的蝴蝶标本

时间在没有墓碑的草坪上静止，坟墓
像词典一样活着
松树和白桦林，作为化装的文字
替代对现实的批判。

静止作为名词，密封在相框中。我的卑微
无法用书名复活那些冻僵的历史
唯有，比蝴蝶标本，还要轻
像是巨大的死亡里
一点点寂静的倾诉。

栖息在时间的枝上的蝴蝶，正在嘲笑所有的
辽阔，以及被风裹胁的方向
我无法判断用翅膀杀死过风的蝴蝶
把刀痕种在了关于土豆的哪一本书中。

远处的雪在偷听土地的肥沃
人质询人，如同风吹过风
答案被捆在翻译过的汉语解说词中。

托尔斯泰故居的蝴蝶标本，被走到近前的
月光一次次地清洗
我看见不该复活的众多车辆，正在
驶向莫斯科。

空地上的鸽子

濒临

一群犹豫的逗号在拖拉机手脱帽的高度
默念一下台词
豆子般洒落下来
像是冬天的清脆，敲击大地给它们留下的
救生筏。

被风吹痛的逗号
把痛递给那双歇在空椅子上祷告着的油腻手套
像是亲戚
天空和支撑天空的杂乱树枝，以及钟声
成了空洞的道具。

猪一样突突地啃噬大地的拖拉机
把大地的骨头吐成荒野
与远处的房屋成为彼此的风景
逗号是他们希望的光。

一筐被教堂塔顶上的钟声敲碎的铁块
散落在空地上
成为大地黑色的句号。

岩羊

素食主义的旗帜，走在时间越来越细的
钢丝上，朝曾经食素的人群投降。

风提着装盐的桶，在岩上饮水，作画
逃避口蹄疫
和能够把风
击落的子弹。

岩上的弹孔，越来越醒目
像是瘫痪在书中的病句
鸟惊飞一次
天空就被枪声撕破一次，杀死一次。

旁观者是水，悲凉被搬迁到草做的
书中。纸一般光洁的岩石，致命得一览无余
像是众草饥饿的黎明，裸露给人们。
（对岸的手枪，如同皮影戏幕后杀戮不绝
的脚本。）

在岩石上生长的节气，行至霜降
把自己渴成一团雾
猎人一咳嗽，便化了。

最稳妥的岩，像是雪做的画册
被人们用来区分雪中的异己，并且
随时可以叛变。

黑熊

塑料管的天梯接引我的魂魄
伤口的花朵是大地的悼词。

我已经成为人们的墨镜
在阳光老迈的末途埋锅，造饭，等死
虚报年龄。

用素食睡眠的我，被人们逼近
时间最薄的未来。

时间在高铁上跑遗了胆汁
夕阳被撞成天空的伤口。

人工的树林在铁轨两侧静默
像是时间的遗体。

我把铁笼一样颜色的外套披在目光身上。

我把熊字在铁笼中慢慢长方
长成一坨会呼吸的水
浇灌处方中已经无法壮志的肝胆。

我知道，人群中也有与我一样的悲伤
像风吹过衰草，也吹过枯树。

杜甫草堂围墙上的流浪猫

我相信源起，如同一扇门
会成为整个院落
最昂贵的补丁。

唐诗中的鼠，被圣人写瘦
过宋桥，涉元水
一路食黍，歇在偏安的闲谈中
鼠毫在我说出的话中
用败笔写新诗
和大地上的粮食。

我相信源起，如同相信汉字的猫，终将
会为唐诗的戍边。

噬草的猫在春天重生
春天死了
天空把春天刻在围墙没有字的碑上
外面的人群，正在用雨水洗涤春天的哀伤。

地铁广告牌上的长尾阔嘴鸟

濒临

僵硬成钢铁的时间，绷紧在拟好的
病历中
黎明蜂拥而来，城市的外套猝不及防
开始不停咳嗽。

钢铁的枝，在照相机中筑巢
藏在地下的光线，切割声音，天空
和飞翔
时间在长尾阔嘴鸟的遗像里
呆滞成塑脂状的文物。

股市中的饼干在悬崖上勒住鸟鸣
模仿风吹走的
幅度，想成为钉在地上的铁钉。人们
生不逢时，只好逢市。

把长尾阔嘴鸟带上地面的公文包
孵出红绿灯，趴在痛不欲生中
像是人间烟火。

萤火虫

树木用塑料枝上的童话，远离人世
像是给萤火虫避孕。

电台中逃出的声音
被风做过手术
我把风搡碎在路上，指给后出生的
纪录片，人群已孵不出暖手的童话。

巨大的夜空，被工业化锻打成银幕
人们聚集在书缝成的袋子里，用方言
光线各异的童话
相互指证来历。

发光的礼花弹
用谎言模拟真实
萤火作为根据，作为城市中最先
煮熟的那块夜色。

塑料不朽，风朽了
字不朽，书朽了
电影不朽，电影院朽了
童话走路的姿势不朽，路朽了

复制童话的声音不朽
萤火虫朽了。

在水泥中模仿森林的楼房，正在计算
自己的寿命。水管的笔在暗处画温度
画湿度
画漂白粉残留在水中的萤火虫遗体。

时间的枝上，童话正在凋零成萤火虫
的遗体。最先看到夜晚来临的人
在楼顶脱帽
像是在给塑料的萤火棒们
致敬。

壁虎

昼伏夜出的还有聚光灯盛大的尾巴。壁虎
的名称，和胆子一样
日渐萎缩，每爬一步
就像是在人们不停膨胀的海上
凋落一片枯叶。

瘦身的夜色，皮肤越来越硬
壁虎像是铆在得病的声音身上
警惕的心跳。

黑暗萌发出一丝褐色的钟声
提醒自己，世界已经斑驳成一块颜色相近的
敌人。

人工的草皮不停战斗，不停地
向整齐妥协。

断掉昵称，让尾巴在话剧中保持纯粹
油彩们的口号兀自演义
面孔在混凝土的柔软处苟活
如是写坏的方块字。

断掉尾巴的灯的尸体与壁虎
在工业时代的废墟中残喘。

成为光的刀砍在高楼上的疤痕。壁虎
一动，城市充血的高楼的器官
便会撕开伤口。

时间流血……
直到壁虎消逝，夜色苍白如一片失效的光芒。

藏酋猴

峨眉山山上的藏酋猴
被揉成一轮山月挂在树梢上的
胎记。

竹笋被钟声剥得一嫩再嫩
猴子们依旧爱惜自己的体形和名称
像是飞过天空的汉字
笔画在时间中，不胖不瘦
坚持仿宋，与空气中的中药相互疗伤。

直到肥胖被滑竿抬进病历
门票的高血压，在酸雾中
循着自然主义的思想挖掘根源。
缆车的高血脂，糖尿病
不停地接受素食主义的化妆，和苟且
用概念偷换概念。

日渐庞大的种群，让每一只猴虚胖
像是游人的数量，和贬值的货币。

化纤越来越薄
写在越来越细的人行山道上

拐杖，开始珍稀
像是给老僧的修为把关的门牙。

在峨眉山，沐浴的猴子，被塑料
的现实，安置在病床上。

竹叶青

一条蛇最大的耻辱，是被泡成一杯茶。

内心的杀气，让人们用峨眉山佛音的手套
炒来炒去，被杀青
被包装，被快递到清明前的超市
利润最高的标签上。

作为一枚最鲜活的茶叶
给熬夜的地球，治头痛。

海鸥

濒临

天空灰色帆布的创可贴已经老死
参加过葬礼的海鸥，把风磨成刀。

临海的街道，贪婪地行注目礼
海鸥按它们的名称警惕自己的危险程度
直到，尖锐成陆地与大海越来越频繁的
争吵声。

刷漆的船贴在大海的耳朵上游说
甚至磨出了铁皮
天气依旧变节，人名比乌云诡异
海鸥用瞎掉的眼睛四处逃窜
大海在天亮时
关上了所有的灯。

海港的嘴把谎言散布成食品
海鸥为裹腹
在集装箱的树叶之间不停地换取怜悯。

报纸上抖落的保护动物的标题的小虾米
给海鸥壮胆
给死去的帆船，招魂。见证过葬礼的暴风

在教科书的盛宴中
合唱
海鸥是遗弃在多声部后面孤寂的清洁工。

需要给见证过天空将所有的黑色砸向海面
的事物，重新命名
比如作废的扫地僧，分类的垃圾桶
比如用分行生病的编辑，写假诗的诗人
比如感冒的风暴，将把感冒传染给另一场
正在来临的
风暴。

蓝鲸

濒临

一滴失眠的眼泪，用蓝色反对
海水被破坏的秩序。

河流们走在世俗的路上，被人饮过的水
像是河汊枝上凋零的悲悯
所有的水，都在用死亡转身
蓝鲸成为时间的弃儿
我们的经历，便是凶手树叶状的影子。

率先成为冰。大地的哭声被夜空收割殆尽
万物都在干涸
直到我们在蓝鲸游曳的冰里找到诉求
和疼痛的种子
被风贴在绝望的广告栏上。报纸登满
报纸死亡的消息。

一粒治疗失眠症的蓝色药片
在大海的昏睡中
成为人类的迟暮。

试图将大地翻译成海洋的水
从空中堕落

海鸥们纷纷逃窜
成为笔画中天生的谬误。越往低处走
大地越是颓势
海洋被河流捆得泣不成声。

蓝鲸在形容词的冰箱中，被人们的手术刀
解剖成最后的标本。

一滴泪可以把整个大海染蓝
如同缓缓来临的忧伤
正在打磨人类不再踏实的睡眠的塑料花朵。

朱鹮

韩联社 2019 年 5 月 8 日报道：牛浦朱鹮复原中心经过十余年的人工培育和繁殖，中国赠送的 4 只朱鹮已增殖到 363 只，将于 22 日野化放生。

——题记

把人工的卵壳啄破，信教的雏鸟
在夕阳的路上，又建了一座寺庙。

额头红色的寺庙率领圈养的香火
点缀大地苍茫的伤心，仅此一点
江河尚存喘息。

同类同语。用不同意义奔跑的人群
在不同语种的沼泽中
相互沉浮
警惕是别在羽毛羸弱的白衫上的
钟声的污点。

人们用铁皮的肤色飞行，自卑的影子
被风敲落成证据
铅弹般，四散开来。

不同语系编织出的飞翔
在手机的版本中，不停地用濒临升级。

一首中毒的诗，重新回到声音
羽毛被狙击在书中
无法言语的食料混合成的门槛上
声音们又一次毒发在时间的
远处，而后
终还是身亡。

水母

濒临

那些消失的浪花，是大海蜕去的皮。

体温日渐升高
大海开始眩晕
与呕吐在沙滩上的油沫，橡胶，铁桶
有机物的残骸
以及半死不活的传闻，一道成为孤儿。

天空脸色苍白，怀揣大海间歇性的
心绞痛，把时间锯成一个个遗弃的
白色塑料袋。

我只是大海不经意间说错的一个句号
与白色塑料袋，成为姊妹
遗在天空与大海用玻璃碎片哭泣的沙滩上。

鳄鱼

事物的颜色和池塘的水一同被风抓紧
干瘪的日子一个个锈在一起，貌似
鳄鱼一次次死去的皮
潜伏在干燥的风中
嘶哑的鸟鸣是天空摔在大地上的哑炮。

风把风逼进沙漠，风死了
风的干尸簌簌地响
像是天上遗落下来的一串串日子
对着焦渴的大地
不停咳嗽。

鳄鱼身上的钱币，快速升值，正午热浪的刀
把潮湿的凌晨剖开
零售给膨胀的商业
证据，鸟一样逃窜，人群是飞不走的影子。

砍断歌声的是树荫下唱歌的人
雷声作证，大树在一个个烙脚的日子上
亡命。

用鳄鱼皮鞋奔跑的人
在池塘越来越弱的信号里
像要断气的风
已经翻捡不出天气预报中潜伏的警惕。

鳄鱼在谎言的泥泞中，只够翻一次身了
如同，自己成为自己流下的最后一滴眼泪。

公鸡

最后一个清晨啼叫出的云朵
被装进电子钟的塑料栅栏中。

屠宰场在归拢时间
橡胶手套的女人，把撒落一地的拼命陈述
扫进羽毛味的下水道
我看见那些电孵和打过防疫针的
饲料的羽毛，在下水道中
替代我坠落。

无法作为供品，因为杀戮本身已经失去体温
敬畏被机械切割成碎片，乃至血沫。

黎明是一件鱼肚白的厚重衣裳，盖在
杂乱的啼叫，和胡乱萌发的欲望身上。

菜市场准入证的讣告，用高速公路的沥青
让所有的啼叫失去性别
油脂肥成甄别价格的晴雨表。

公鸡不再歌颂诞生，黎明，甚至生活本身
而是，成为人们活下来的目的。

屠宰场一直收集啼叫，若沉沦的东山
我无法看见它的清晨
如同无法知道
谁会最先想起
那一句过时的口号。

壤巴拉[1] 的马鹿

一

一团比河水温暖一点点的空气，在壤巴拉
冷杉静默的林间
用藏语的从容，踱步，给山描色
如同，蓝马鸡用羽毛捧出来的黎明，浑圆
是高冈上的僧人
默颂出的经文。

马鹿们在钟声抵达前给万物积攒光阴
沼泽挽留奔跑的大地
以及披在身上的种子，沃土，甜的空气
和兴修的寺庙
万物用蓬勃揭开宁静的
水的盖子，万物自己的盖子。

藏语透明的绳子
系在马鹿用水说话的角上，像是冬天海拔上
的高傲。

---

① 壤巴拉：壤塘县名的藏语音译，境内一村寨坐落于山上，其山形似手托宝幢的“藏跋拉菩萨”。

二

壁炉上方的头颅和分叉的角，整日睁开
玻璃的眼珠
寻找说假话的子弹。

途经马鹿的壤巴拉，用一副叫作公路的
担架，运送啤酒和蘑菇状的贪婪
偷猎者把欧洲的单词翻译成标本
挂在墙壁上示众
成为用死亡呈现给人们的证据。

玻璃眼珠中人群的纷扰
如同一季季水草们的准则
被干旱破坏
又阴谋新的准则。

壤巴拉玻璃的名字被一群群荆棘状的人擦拭
直到玻璃越来越薄
唯余下未成年的马鹿
给大地放哨，人心越走越缥缈。

塑料的编号正在代替族群的角
越来越短，像草原上渐渐干涸的河流
把影子遗弃在地图的保护区中

仅供凭吊。

三

一团比河水温暖一点点的空气，用壤巴拉
的商标，替代冷杉们的死亡
藏语是走在最后的沼泽
给生病的时间补妆。

我曾经在壤巴拉与成都之间的马尔康[②]
用露天电影中的烈酒给偷猎者画地图
翻译子弹的痕迹
直到村寨的霰弹，像欧洲与藏语间的汉字
布满树林，包括马鹿们呦呦之音抚摸过的
说谎话的素食主义。

马鹿的辞典中，一句叫做壤巴拉的黎明
系在角上
书翻到哪页，藏语的经文就跟随到那里
山冈站在山冈上
是被经文悼亡的马鹿的角
人们是风，自己把自己吹走
把自己的另一个名字
吹走。马鹿……

---

② 马尔康：阿坝藏族羌族自治州府所在市。

四

角在人心的墙壁上发芽
马鹿最凶猛的武器，成为自己最大的漏洞。

刺猬

爬在林荫小道上思想的雾，被刺猬划成
网格，猎人与马尾松在路边
不停越界，争辩气候与河流的易容术。

鸟鸣测试时间的清洁度
过往的人心是准确的试纸。

工业醒来的第一天
空气和胆色粗壮成霾
成攥紧的巨大拳头，击打树叶
和它侥幸的口罩背面
每一个方向都在控制生育，时间被琐碎
林间的光斑
像是不露声色的暗器
刺猬把每一个念想都恐惧成箭
成一身的负担。

第二天，人们在回收被自己杀死的水
流回来的水成为时间的叛徒
成为孤悬一线的箭
滴滴离心
刺猬用最柔软的防不胜防，抵抗

水里的伏兵
那些身躯，和品质一同败坏的水
如同一支比时间还长的箭
正在射穿刺猬们一辈辈
人一样的名字。

之后……刺猬让空气成为刺猬
让水成为刺猬
人们成为披在地球身上刺猬的名字
这么多的名字正在划破
时间
和已经琐碎成刺猬的箭的雾霾。

禾花鱼[1]

风摇一摇山歌，禾花的雨顺着瑶歌
的树枝流进秧田
这是过去的聆听。如今
雨纷纷叛变
雨中农药的匕首随时都在反目
受伤的秧田
缠着机耕道的绷带
提心吊胆地在风中晒太阳。

禾花在菜谱中不断地囤积
芳香的口味越来越重，直到出现超标的
重金属。

从动物的纲目中寻找植物的种子和藻类
从鱼游动的月光中嫁接禾花。

山歌被秧田分作一池池的腔调
汉字干涸在菜谱上。

---

① 禾花鱼即乌鲤，主产广西，取鱼苗在稻田中养殖，因采食落水的禾花长大，鱼肉有禾花香味而得名。

成群的化肥，沾水便胀
与禾花争夺关于鱼的命名。

布满香精的商标，口口相传
正在说话的口，一边说话，一边死去。

一种叫做化肥的鱼，
正在给人们施肥。

螳螂

粮食被农药越捆越紧，入骨髓
穿制服的农人
杀虫三千，伤粮食八百。
虫用蝗、螟、蛾、蝽、螨……的招式
一一抵挡，退至农田的衰弱处
喘息。
中招八百的粮食，把内伤固守成
粮食中的勇士。

拖大刀的螳螂，在月光下的农田中
形单影只
所到之处，天下皆寂静
农药尽是先手。

被雨靴踩成塑料薄膜的月光
铺在伤情的大地上
塑料味一波一波地漾过田野和山冈
比螳螂的刀还快。

落魄的螳螂像是欲上梁山的好汉
在沥青的公路上用成语挡车
妄想起义。

收割机被农药包装的口号声越来越近
螳螂在路上拼命磨刀
直到薄成沥青的腥味，只是一举
把自己劈成了沥青。收割机的口号
浪一般，淹过整个传说中的梁山。

藏羚羊

拼命的角，把天空臃肿的皮肤，用奔跑
划得尽是伤痕。
这不怪我，铅弹把我家族的天空
早已射杀得只剩雪片那么小了。

我只有用奔跑，把一片雪扯成一面旗子
白旗子，用来遮盖
电视新闻中，那些彩色的遗体。

我的皮毛在日渐升高的气温中一步步凋零
每朝上走一步，我的心才能清凉一点。

我的角因同族的对手们纷纷逝于子弹
而孤独，直至脆弱得被风吹化。

我的肺被越野车的哮喘传染
我一抖
草甸，是我朝大地咳出的一块伤疤。

我的名字
在不再手写的人们心中，一划划地死去
越来越简，直到整个高原被圈养。

我现在只能用薄薄的空气
再一次把自己的名字削薄，夹在教科书中
供来往的火车，识字。

我现在只能用浅浅的草，提醒子弹
我是食草的一种奔跑
和子弹一样的奔跑
可是，子弹不听，它嗜血，嗜我，嗜众生
最后，还要嗜发明它的人类。

鸿雁

红色拖拉机卧在沼泽边，替代冬天的
太阳，忧伤是一只月光制作的铁笼。

秋草的铜，敲击出的蒙古草原
用酒的影子飞翔。

秋水状的情歌，调子越拉越长
远方是机器的流水线上唱歌的女孩
在挑选飞不动的月光
和快递给晚会的，装有声音的纸箱
草做的纸箱。

鸿雁装扮成邮差
马匹，自行车，绿皮卡车的道具
悉数上场，主角和灯光一同黯然
形式主义的月光
一杯杯地饮酒，秋季的抒情被过隙的
白马
踏死。

所有的承诺起源于草的谎言
朝北方飞

北方的暖气片，是贴在大地上的创可贴
拖拉机的蠕虫
遍布每一棵草的生长经历，忧伤再长
也长不到北了。

朝南方飞
南方混凝土的碗中盛满生产的水
饮一滴，水的身世便会忧伤千遍
直至南方痛风
被风抚摸一下，也是形同杀戮。

互联网上的芦苇，在玻璃房的空旷中写信
无法知晓，鸿雁是邮差，抑或收信人
信越长
蒙古草原上的人影越空旷。

汗血马

电影里的赝品不断地被抽打，天空
用雨水的鬃毛奔跑给大地看。

银幕是奔跑的时间神经衰弱时
服用的白色药片
马作为医师，让草原平静，让河流
把自己系成远方与念想之间的
一枚纽扣。

大地肌肉生长的速度，开始退化
博物馆一茬一茬地
圈养近视的风。

钢铁飞翔，一切有机的事物，和寓言
驻足农耕，开始颓废
人们是天空洒在地上的血滴。

噬过西域异草的汉朝
把汉字的骨骼，用奔跑，和奔跑上面的箭
一仗一仗地茁壮
射到哪里

汉字的马蹄就钉在哪里
比如张掖，比如酒泉，比如敦煌……

汉字是汉朝的树在大地上扎根时
马蹄溅在地上的血滴。

大地用人群的迁徙开始干涸
速度成为电视中的直播，在动物园里
时光的绳索捆着时光
并且，不停地给后人，拍电影，留遗言。

草原开始收我们的门票，草在奔跑
沙漠是大地流下的血滴
的尸体。

第三辑

游动的化石

瓜仁太阳鱼

9·11事件后，美国政府对饮用水实施保护，以预防恐怖组织袭击，瓜仁太阳鱼被选中履行这一使命……

——纪录片《动物哨兵》

被捉在人类神经末梢的树上，水的大厦
将倾未倾
敌情的风，潜伏水中。

代替人类，做警惕，做哨兵和义士
做被人类等着的非正常死亡
身体即遗嘱，边解剖，边验明正身
边公告。

水孤寂的消息树上游弋着敏感的树叶
像尚未印出的报纸
街道长满耳朵，捕捉风刮过时遗弃的
铁腥的手术味。

人类需要的水，日渐庞大
直到淹没水自己。

人类需要的水，日渐庞大，包括大海的尸体
直到众多的哨兵
一个个牺牲，然后，调转枪口
与水成为同谋。

行走在大地上的世态已经凉透
我唯一的余热，替他们活着
可终是于世无补。

蛤蟆

濒临

隐身中药秘方的软泥，呼吸出阴冷的
险招，尚不能保命
汉字的手推车
把活路与末途的分界线，牵引到武侠们
致命的毒药里，终是救不了自己。

如蹲在尽头的夕阳，一跳
混凝土像春天厚重的铠甲，一动不动
池塘与此生已是无缘。

丑陋作为防腐剂，涂在童话的无辜中
天鹅丧失性别
把美丽平摊给每一个生锈的童年。

人工林圈养的潮湿
正在生产比真正的丑陋还要丑陋的
食欲。

那些高贵的丑陋，如失传的秘方
在软泥的眼神中
孤寂，像是风吹过的死亡。

天鹅的绳子在空中不断地升高
所有的人和蛤蟆整齐地抬头
向绳子幼稚的童年
行注成人礼。

蟒蛇与兔

蟒蛇吞噬的一团和气
由草而生，生无助，生惊恐，生最低端的
君子不动口，不动手。

张开的嘴像是雾霾，重度，天空只是一只
凌厉的口袋
牙齿的猎枪把霰弹灌注到兔子的血液中奔跑
底牌即是无水的深渊。

蟒蛇的邮路，把兔子寄成骨骼的碎片。

蟒蛇像太阳晒热的柏油路面，被内心的车辆
饥饿着疾走。

兔子谨慎的跑动，被耳朵放大
一停
像是报废的钟
用余音修正人们不停种植的塑料草坪。

鹞子

一

影子的铅弹击中村寨的晒场，房屋
竖起木柱的头发
园子里的果树，用一支脚的颤抖
撇清自己与田野的暧昧。

一团火正在点燃生物链的低处，炸开的
小动物，按进化论的顺序熄灭。

瞎眼老妪把铜锣的声音递给鸡崽
屏气的树寨
卡在母鸡细细长的颈里，不敢出声。

二

厂房的铁皮外套穿在电孵鸡出生一致的
恒温身上。

大棚里的塑料状的田鼠，用除草剂
保持地洞与虚伪的蔬菜之间
湿度一致的亲属关系。

麻雀被农药的手指点化成标本
一动不动，成为自己的隐蔽。

三

天空的鼓槌，已经丧失农历，气温越精准
逃亡的雀形目，越是胡乱击打鼓面。

分岔的机耕道的弹弓，用水泥路面
猎杀动物园自由的前世。

混交林的羽毛，被剪得走投无路
深蓝被针叶刺破
云朵的伤口一再道歉
直到感染成翅膀的方向，一并坠落。

施膨化剂发胀的村寨，瞳孔一再放大
与羽毛一般空虚，像被饥饿紧紧攥住的鹞子。

四

鹞子黑色的雪片
落到大地的无奈上。

钢笔涂改过的地平线
被人群压弯
方言的疗效消失在车轮浓烈的胶味中。

反复用翅膀翻耕田地，四野假装苍茫
最初的影子，成为一块熟铁
万物都在敞开
而你却把自己紧紧抱住，像是无边的孤独
狠狠砸在大地逼真的画册
用汉字注解的工业化影子上。

青蛙

濒临

唯物主义的科学外套，无法用绿色改变
田鸡的外号。

二楼的厨师，把网撒进童话
水田们整齐
像是同一阶段的发育。唯一的错觉
是菜谱与缩水的体型之间的
挽歌
如同，快递进厨房的各色佐料的叛徒。

樟树脚下的蚊蝇，不停抵抗围来的胶鞋
和坚硬的灯光
被鸡传染的夜盲症，被词典归属在
同一种味觉的坐以待毙中。

尿素的队伍不停地改变遗传跳跃的方向
离不锈钢越来越近
口音的农药味渐浓
如同童话中早已死去的王子。

蝗

茴香炒飞蝗：蝗虫 30g，小茴香 6g。一同放入食油翻炒，待熟时加食盐少许炒匀。

——百度百科

来吧，把蕃薯匍匐大地揣在怀里的喂养
还给你们。

来吧，把小麦被天空的风策反的麦芒的哗变
还给你们。

来吧，把玉米不做声响的腐败，裸露给你们。

来吧，把你们给我的唯一的姓氏还给你们
然后，瘟疫蔓延
你们将一无所有。

蟋蟀

濒临

《聊斋》线装的瓷盆搬到保鲜膜
萌发的露珠上。蟋蟀与促织
不同的名号，是画在同一张纸上的
不同代码
程序彼此谅解的麦穗
把田野，挤成连环画白描出的中国嗜好。

激素将刀在纯净水中磨得透亮
塑料品质的水
在秋天的底牌上，叫声亢奋，并且
把夜色拉长
时至今日，虚假的繁殖把器官
卸给一片片残疾的黑色汉字。

翻新的庙宇，油漆味警告一切性别相同的
草丛，土穴，和被传说遗弃的砖头。

荒郊被移植，众多的翅羽尚未忘却交配
噬碎的钟声，洒成一地月光中
凸出的黑，像是被游戏攥皱的死亡。

依次朝上亮灯的楼房，演练
暮色悲凉的仪式感。

田野日渐收拢
事物趋于精致，包括工厂中逼真的过程
蟋蟀一页书冻僵的翅
正在鄙视贪欲超过想象的时代里
聊起《聊斋》。

狈

已经灭绝。标本出土于汉字成语的遗址
仅供学生作文时，与狼组词，用来
形容人。

鲥鱼

大坝的刀，把长河的时间劈断
刀痕是餐桌上算计食物出场顺序的时令表
食客绵密的针，把季节和鱼缝合
成越来越孤僻的鲥字。

边分汊，边在时间的虚弱巢里产卵
利益的铁皮船
是长河中携带病毒的银皮屑
水涨时迎风儿乱，夜深处
偷窃鱼的秘密
和泄密时，闸门咔咔的磨牙的狠毒。

曼陀罗花弥补过的拍水声
在颂经。花颈的长河
以及花瓣的大海
存活在奄奄一息的鲥间中，鱼的时间
想要熄灭最后一丝光亮。

锦鸡

濒临

一、圈养

钢丝的荆棘扼杀四月的发情期
山坡一遍遍堕落
无根的粮食蛊惑羽毛们在春天，用假话
蓬勃发芽。

阳坡的凸透镜把焦点聚在科学的阴暗处。

钢丝网锃亮的口罩，让天空眩晕
翅临床的遗传
被医生一次次分娩出逼真的羽毛。

羽毛成为目的地，游人们不断地
放弃想象，和灌木丛的真实发型。

工人在搅拌人工时间中纸屑一样的啼叫
体重发酸，阴沉
鸿一般书中的理想，从天空一掠而过
想想而已，像是交媾
把新制作的品种
印在卵壳的商标上。

定额的发情取决于水泥路的长短
以及钢丝们阴谋的葳蕤程度
资本的水源是不同性别的喙进出啄饮的
打卡机。

夜色披风一样地降临，钢丝的抑制剂
可以放大视力的缺陷，和值班室
正在磨刀的灯光。

二、标本

防腐剂能够让死去的皮肤重新保持警惕
大地紧绷
黄土忘记自己，如同混淆飞翔与天空。

地下水抽空之后的动词
一动不动
像塑料大棚里的莲花白，偷换
阳光，和雨露。

和天空保持关联的仅剩下羽毛的方向
懦弱的光尾随懦弱
世态也讲明暗
如那些无辜的，尚未孵化的卵。

从啄食麦粒，到满腹麦桔的定式
人们在凝固飞翔的时候，把自己蜕化成
鸟投在地上的影子。

用钢丝凝滞的飞翔
教导壳内尚未出生的飞翔。

用商标法行走的羽毛的外套
教育破壳之后的胆小，慎微。

用锦绣的程序，控制体重，啼叫
和坠入药水的分寸。

用死亡的羽毛，拨亮大地上迷路的
缺失光亮的人群
手中贪婪的油灯。

虚伪的灯，背负自己沉重的阴影
寸步难行。

河马

绷紧的皮朝着干裂奔跑，地球肺炎时的体温
日渐升高
河流的水的鸟一只只飞离树枝，皮肤
干裂出的树枝
非洲土著的方言一边被外人默念
一边被水越洗越黑，像一块博物馆中
陈设的炭。

气温高过水草，水先死了
气温高过树枝，树枝上的方言先死了
气温高过河流，河流到过的地方先死了。

给地球生火的人，用钻井的火柴
偷听密码
知道得越多，水越少
河流的树枝越细，抽在博物馆脸上的
耳光，越痛。

硕大的嘴和远处夕阳的烧饼之间
是用衣物站立的人群。

从地上生长的棉
至地下流出的腈纶的口号，烫手的口号
地球像是童年的山芋。

河马是水浸泡的药
整个江河是流向大海的酒，河马的药力
越来越小，直到成为扔在河床上的
药渣。

蜜蜂

拖拉机上的蜂桶，被山路绕成不同季节
花粉的汛期
像生产线上的春天
批发在超市的各类咳嗽中润肺。

低处的人间，被风削得更薄情
像是倒在大地上的止咳糖浆。

云朵酿造的雨，因为天气预报的错乱
把城市淋成补疤。

世俗的油菜花被照相机啄成会飞的
春天，蜜蜂把人群的花瓣搬弄到
是非的树上。

药屉一样整齐的蜜，在超市货架上讣告
蜜蜂的生平和遗址。

嗡嗡花朵的木偶
提在赶路的人手中。夜色是一块叫春的
布，遮在蜂桶的理想上。

给蜜蜂勾兑糖精的人，用草帽的眼睛
窥视花朵私藏的鸟鸣
天空丧失脸面，蜜蜂肥硕，调和剂
的标准和自来水成为亲戚。

油菜花、槐花、党参花、棉花……
给花分类的蜂
把蜜放在人类不同的病灶里测谎。

鸭

鸭成为一块铅，暮色们纷纷疲劳
足以让整个天空坠落。

残疾的飞动，像插在池塘里的哨箭
声音比羽毛还松
拧紧后，滴出水的嘎嘎声
正在驱动卡车铁皮一般运输的贪婪。

煽动过天空的欲望，把化石的卵
嵌在人们饮食的进化论中。

水画的牢，被风吹皱
将要成为鸟的那层薄膜，捅也不是
不捅也不是。

蜂巢状的厂房，整天折磨那些得病的水
钢架的湿度复印茂盛的草
和塑料棚虚拟的天空。

天空先死
水再亡。鸭是活着的激素
让人们饮食的辞典蓬勃起来。

三个月的长生不老，逼近佐料幼稚的
阅历，老鸭汤的食客越老练
鸭越鲜，像是相机越长越早的青春痘。

黄鼬

用狼的外套和村庄拉锯
鸡拍成的黑白警示片
被冬天以讹传讹。春天
让皇历封着
雪地上的谎言，距离群居的村寨越近
便越醒目。

停止觅食的链条
断裂在机械们流水线盒装的源头
与狼断裂
与鸡断裂，
然后，人们憎恶的空气让词典天空失去平衡。

用村寨纷呈的灯光鄙视村寨
无序的生长
如杂乱的草，迟早会被冬天
逼上雪地。

日渐膨胀的村庄
比猎物还要慌乱。

微信里的红包小兽纷纷出来拜年
空中的水，被网络搅浑
僵硬成空壳的村寨，只剩一句
黄鼠狼给鸡拜年
的旧衣衫。

白蚁

患病的空气相互传染，混凝土的巢
是对手给自己布置的棋局。

不用翅也可以击败风
膨胀的臆想在搜索引擎的荫凉中
与人影为伍。

不锈钢的长势，与土壤的病状
分道而驰
夕阳焊在各种版本的地图上
掰断的光，和钢的腥味
一起在大地流窜，白蚁在静听
人们趋于各种欲望的色彩，在空气的暗处
用钢架说话。

不锈钢的食物被网络布满大地
一种叫做公司的天敌
用广告的翅，散布谎言和各种敌意。

在地下言语的白蚁，不停交媾
已经把地球，说成瞎子。

与叠溪海子边的白色牦牛照相

濒临

纯净不停地怀疑白色，照相机的偏见
过滤手工酥油绘出的
五彩丝线，观光业用风猎奇。

海子里的水在眼眶中惊呼
直到被地震传说到旅游的生产线上
酥油不断盒装
白色存活在被众人盯死的传说中。

皆怀疑纯净，观光业用一辆白色大巴的
抽象，把路途涂白。

皆怀疑水，噙着海子的牦牛在休息区
反刍游客们的讨价还价
纸币烧沸的水
与酥油茶密谋，直到铁牛们陆续午眠
铁牛不噬草
噬五彩的人群，和前方的路途。

皆怀疑躺着的水
扶起来的雨，在商业的空气中寻求涨势
直到重新躺下，换成钱。

皆怀疑路途，牦牛白色的心结
系在照片的暧昧处
上错车的地图，把沥青折叠成
标配，不想绝尘都没办法。

我怀疑牦牛
把黑色染白，只是让人们在旅途中
少一个污点而已。

警犬

濒临

捆住的嗅觉密封在刀锋的暗室
像是关键少数的浪，无风
不起，无风只是拍打自己被捆住的警醒。

把奔跑改作磨刀
多出的锋利，先阉去自己杂念的过往。

闸门打开，唯有心中的浪在真实的
大地开始狂飙，然后，被猎物击中
成为两滩相互句号的死水。

与栅栏一起苏醒
成建制的食物如同时间里的皮鞭
抽打胃，和睡眠里苟且着的嗅觉。

把草、树、云朵，水，掠过的声音
捆成刀，慢慢精准
像是一遍遍校正的时间，被针
剪去皮毛，乳名，和故乡，然后
只剩下针。

作为狩猎时代的句号
把白描出的细微秉赋
嫁接在了人身上。

一只化妆的狗
被快速的剧情引领，正在逼近不多的真相。

广德寺放生池的红鲤

濒临

虽然把念过经的印泥抹在了身上
佛号可还是被雾霾越隔越远。

红鲤在水中，游成一枚玉石的印
寻找新生的纸
和说话的春天。天幕越来越沉
放生的水被摁在鼓声无法抵达的暗处
需要再放生。

唐一盖，宋一盖
还有明清……
印被盖回鱼的活法，越来越滑
像是玻璃的经文
近视的时间无法读懂，老光们体衰
仅是错别字，便败下阵来。

钟声的剪刀在水面疾行
生病的水不敢抬头
和年代抱成一团，在霉变的经文中
要么死亡，要么用西医的名词发芽。

比天空还病重的鱼的钟摆
在中西医的斟酌中不停落水
中医的药引
像一棵草死死地咬着不再灵动的经文。

作为西医的刀
让鱼去掉病灶
可又去不掉得病的自己。

雪豹

濒临

把刀子一样的雪片朝高处搬动
看大河撒手东去
雪豹在峭壁上用腾跃哀悼她们的魂魄。

……哮喘的雪线，呼吸一次
雪就死掉一天
雪豹身上的雪字就被夜晚，涂黑
一笔。

把雪花煎成药，让雪线饮下的中医
指着天空，说：
蓝是天上的痛
你一想蓝
你和蓝都痛。

病入膏肓的雪已经无法承受不锈钢的
套索
人越来越多，字典里活着的动物名词
越来越少。

贪婪的事物用绿色卡车聚集山下
追赶

唯一一朵用体温哭泣的雪花
活着的雪花。

所有河流的箭都溯源而上，射中
最后一只雪豹
制成她们尸体一样静默的标本。

人们在雪后的大地走动出
一些肮脏的印迹，用来诋毁
雪豹的皮。

布谷鸟

布谷鸟春寒中咳出的一坨坨拖拉机
在感冒的田地中播种。

红色的油漆，和阳光搅在一起
像是清晨贴出的标语。

我守在节气装修过的门槛
用天气预报校正一枚枚布谷鸟的
错别字。

榆钱树膨胀开来的纸币
用春天买断所有的飞翔。

迁徙时在田地中种下的稻草人
已经腐朽
布谷鸟的叫声被掐死在一则故事
花开两朵的
分叉处。

鸟鸣细小的银针，无法拨动田地的
呼吸，像是一滴水
找不到干旱的弱点

农人手上掂量的榆钱树
已经失聪。

飞翔的种子
终是无法植入越来越重的天空
叫声四处逃窜，蒲扇祖传的巢
翻手便是秋天，和布谷鸟冻僵的余音。

书蠹

濒临

线装的围栏里酬志，养静心草
书生识过的字，用来制药丸
将自己喝成渣。

我把那些噬得残疾的字，祛毒，瘦身
晾晒在辞典中
让后人用来飞。

在浆糊视力的混沌中开拓时间的疆土
杀虫剂清晰的剪刀，把书生
狙击在名词破碎的井沿上。鸟用影子
饮水，后人在远处止渴。

塑料薄膜是最后的界限，一如生死之间
印刷体四面招摇
蛊惑人心，读书人用斯文
把文字漂白，像是散落的遗体
三军早已无帅。

纸张的粮食再生，轻型，铜版，冒充
毛边，字酿的酒在互联网的云端大醉
我只能噬自己，喝自己，把自己活成
这个灭绝的蠹字。

丹顶鹤

沼泽的叹息被抽烟的人吐向天空
树淹死在云朵中，

故乡沦陷于推土机履带的剪刀
天空被剪烂，几块节日的补丁
是纸叠的创可贴
栖息在一棵树的河涨出的唳叫中，相互
成为疗效。

长寿的雪花被烟囱越涂越黑。

大地用烟囱的欲望掂起脚尖
追赶系在塑料松枝上的时间。

沼泽的老花镜将躺着的时间变形出来
鱼苗黑白的饲料
在人世的草茎上哆嗦，把红色
嵌在帽子状的头顶，扮着鹤顶红
用毒死的自己
提醒过往的筷子。

大地和海在滩涂的桌上谈判
大地用土死一寸

海用水也死一寸
唯有人工的阳光的卵壳，哀悼逝去的光
和被火车拉长的唳声。

南汇嘴搁浅的幼鲸

只是一滴长得像预言的眼泪而已。

回一次头
苍海便老一点点地出来，送给你们
回三次头，桑田三次
你们把时间长成了钢铁的网
用来装海风渐渐长大的年龄。

跌破了膝盖的风，在集装箱中养病
四处是商业们物流的眼泪。

长相狂乱的海风，试图焊接
人群和她们的影子
大地必是在另外一个方向越来越小，影子
无影无踪
聚集在水中合唱，鸟无需飞
被开花的水，一次次地唱绝。

本地女人的声音被风吹瘦
那些捧着鲸一点点老迈的歌谣声
越来越小。

大海被摔打成鲸的皮肤，离鲸
越来越近，如是标本中挤出的一滴泪。

鲸

日本于2019年6月30日正式退出国际捕鲸委员会，时隔31年重启商业捕鲸。

——题记

渔猎时代的标本，盐渍成人类的定心丸。

鲸，在铁船冰凉的甲板上被标榜
替代夕阳
一再地流血，红色是写在大海上的标语
来往的鸥
用满天的白纸，寻找黑夜默默哀鸣的笔迹。

以所有吃下的食物的名义呕吐
大海的胃，不停地翻牌
腐朽过的事物，重新腐朽一遍，包括
大海自己。

比大海渺茫的是人心，鲸的秤砣
被一只只地轻视
人心越来越阴沉
像是潮水的牙齿永远无法嚼烂的苍凉。

是海水中活着的盐
鲸，在平衡人群的血液和海水中盐的尺寸
生病的大海，需要吞噬见证过太阳升起的水
续命。

给渔猎时代定心的药
开始失效
被冰冻，真空，塑封，在超市的保质期内
囤积居奇，试图拨亮一本本海鸥一样
空白的书籍，人一样空白的书籍
和他们昼伏夜出的灯。

铁船成为新的鲸
用丸命名，成为工业时代流窜在光影的
丛林中的
新的盐，然后
给一点点死去的时间保鲜。

北极熊

谎言的冰一块块死去，水成为遗体
人世间残喘的一朵白花
把自己佩戴在众多的话语，风凉的极地。

风拖拉机的履带碾压用草说话的大地
并且，掌握话语权
掌握所有谎言的真相
温暖的新闻在空气中
成为胶囊状的阴谋。

饥饿的公熊用人类写薄的纸
记载本能
记载一块残冰一样活动的幼熊，如何
消殒成进食季的开篇
公熊唯有食下这块性别相同的幼冰
才能让自己这块冰不化。

成为冰的幼熊，把纯白还给公熊
风是同案犯
制造风的城镇，不停地繁衍自己。

熊用雪花残喘的最后，把自己手绘成冰
成水
成悼词中一群掩藏墨迹杀气的
围攻上来的城镇。

用北极命名的时间
任何一步都在朝着遗体的方向吞噬冰。

封存在书籍中的冰冻
是北极熊身上的白色
人类边雕刻汉白玉
边一砣一砣地，哀悼自己。

围捕冰雪的风，下手越来越重
将地球的脸庞击打浮肿。熊的落叶
像是被火烧过。

大熊猫

一

水墨把中国字停在光阴的墩厚处写意
像一枚游动的化石，时间一样饱满。

邓池沟[1]的纸片，被写上名字
从竹林中，不经意地拱出一个清晨。

农人劳作且干瘦的发辫，苍白
是开花的竹子。黑色，以木讷著称
磨破朝代，而浑然不觉
时间唯此二色
光阴遍地，似秋后的化石。

---

① 1869年，法国博物学家阿尔芒　戴维神父，在中国四川雅安宝兴县的邓池沟教堂附近发现了当地人称为白熊、花熊的踪迹。他采集到标本，这是他从未见过的奇异动物。它的标本和骨骼运到法国。经巴黎自然历史博物馆科学家阿尔封斯·米勒·爱德华兹鉴定，“黑白熊”是一个新物种，定名为Ailuropoda melanoleuca（猫熊）。从此，匿居荒野的大猫熊进入人类文明的视野。

新的名号用枯树上的旧声音说出锦绣
把云和自己一同散开
有些眩晕，像医院按朝代铺开的床单
活着的化石
停在进化论车辆的拐角处
被他们弯道超车。

竹子在天空飞翔，黑白分明的
后代们，被电波改名换姓之后
重新组合在报纸上。

二

那么多一天天堆积起来的厚重
腐朽着马尾松的锋芒，一掌
拍灭一天。

时间像是积攒的银两，照亮赶路的
竹子们空虚的行囊，和唱歌的妇人
怀孕的妇人
人心以此为界，黑白分明
像是鹿群中那些和睦的手势
有声抑或无声。

我们无法制止欲望，学术的卡车
把欲望驾在黑白的交界处
吐纳
东方出现的眼睛，眼珠，眼神，眼界
与影子一同，趋于平和
平和是走夜路的独灯
一只便够，不可贪婪。

山峦像脚步敲击出的鼓声，一场雨
足以熄灭一个朝代，和它滋生的苔藓
窗户多么渺小
比 70 年的房产证还小，如同心眼。

再拍一掌，竹林的构思，与山水
并肩，躺在平面的宣纸上
版图和疆域取决于胃口，和保护区
破损的纸片
桫椤的录音机，在水边象征老迈的尺子。

潮湿的纸，被腐殖土中的蘑菇
给海拔画出一个个
新的黎明，如同万物被石头击打得
四处散落的影子
它们终将聚拢在人类新制作的悲哀上
指引天空白色的悲哀。

三

白昼与黑夜环环相扣的套索，企图勒死
黝黑的山谷中刚刚睡醒的白色闪电。

蕨类是旁观者，用多种形式
稀释不同的死亡。

巨大的时间像是被磨细的铁杵
成为尖锐的化石
雪线的化石，向天空中的蓝色竹林投降
它们姓氏鲜嫩，与单数的雪豹
在雪花中一同埋没。

王朗，卧龙，勿角，蜂桶寨，佛坪[②]……
不再是交错的地名，而是一枚枚的
药片
救治大熊猫和人群共患的绝症。

人工的藏马鸡试图引领哮喘的大地飞奔
山神们驻足

---

② 王朗，卧龙，勿角，蜂桶寨，佛坪等分别为国家级大熊猫自然保护区。

用子弹划破的耳朵，倾听
黎明的新药方。

雨用颤抖的竹子，擦拭变质的雷声
它们行踪暴露
在山坡上滚动，用黑白抵抗人群的足迹。

四

白纸上的繁体字在年轻的溪边
饮水，笨拙的笔划如同缓慢的时间
正在溶化冰
和纪录片上发霉的斑点。

漆树在人类语言的灵动中刺激大熊猫的潜力
调色板的筷子走在时间的后面
把最简单的笔划
水一般地拨开
直到时间海阔。画在飞机上的卡通
是人们嫁接给天空的
一个黑色媚眼，像是典押的古玩。

棋子般散落在山峦皱纹里的村寨
成为时间的陷井，一代代地肥硕起来
遗弃的火药枪的消息树，长了又伐

伐了又长
像是关在唱片里的曲子
来不及成熟
就被村头的小河，裹胁进贪欲的山洪。

比时间慢，试图用缺氧的体重，拽住
正在逃离的村寨。

五

中毒的竹子在封冻自己的身高
天空单一，人们说出的话不停地坍塌
如同朝下走动的河水
让仰望，成为隐藏在身后的墓志铭。

人心的山势像是扫帚，把大地扫得越宽
阴冷的绿色逃窜得越快
大熊猫的黑白在书中便越是危险。

人类已经成为自己的天敌，天空萎靡
大地在谨慎地怀孕。

和竹子一起人工，车间的生产按空调
的温度测试性别，还有紊乱的季节。

诚实的雨水，用苔藓怀念朽木和它所有的
经历，藏马鸡栖在农家的苹果树上预警
作为叛徒的乌云
开始攻击，用时间脆弱的堡垒。

六

山峦在自己尸体的腐植土上一步步走向寒冷
失踪的邻居如同橡树的落叶
被风抬进教科书的棺柩
那么多的记忆被植入人群最隐秘的恐慌。

下山来的饥饿，疾病，以及发情期的绝望
被水带走，成为人群中不同版本的标语。

盗猎者给内心坚硬的村寨泼污水，薇菜心灰
签名的布告半途而废。纸张们
成为食物，而姓名像是与黄昏一同下蛊
的咒语，一同熄灭的灯
直到村寨的乳牙滴落，长出比心
比誓言，还要坚硬的牙齿，吞噬自己。

混凝土公路的树枝是变硬的血管
时间被捆得越来越细，像村寨过余的肥胖
引发的窒息。

脚印渐渐模糊，众多保护脚印的人
用橡胶的靴子，和消过毒的体重，压塌
竹林的记忆
和大地用呼吸冒出的气泡。

七

被太阳晒得泛黄的白色，连同月亮
升起在动画片的山冈上
群山的绿色开始隐退，干涸的鸟鸣
是盗猎者清晨的早餐
塑料布的叶片迅速生长，直到裹满整个人类
的履历。

干壳的尸体在童年的林业局空旷的礼堂里
被风敲响
偷猎的人与书中描述的玻璃
一同破碎在拖拉机被雨淋透的呻吟中。

每一声咳嗽都要画在竹叶上
像是郑板桥秉烛细数过的泪眼，毛笔们
落黑，留白，用文人的懦弱
暗示朝代的进程。

铅笔描出的每一只身影的笨拙
拼命地朝着纸背跑去，群山一动不动
像是所有纸的尸体。

八

大地在地震中掀开被子。

人们用公路的身高和寿命，与森林拉锯
掀翻的谈判桌旁
大熊猫再次沦落为棋子。

由此上溯，直到时间中潜伏的每一只
那些避免受到伤害的标本
不时用藏语的
面具，退缩到人迹罕至的水的隐秘处哭泣。

巨大的名词被风拴在口号的脖子上
雪崩一般，在时间中飞翔。

从书法中收拢过来的竹子，丰富人们的想像
药片开始疏导翅膀的自由
和泊在海拔上的
黑白岛屿。

九

一块水墨的化石，打开折扇上蛰伏的思想
让风携带着人群，自由进出……